AF318250

ÉNÉE

ET

LAVINIE,

TRAGÉDIE;

REPRÉSENTÉE, POUR LA PREMIÈRE FOIS,

PAR L'ACADÉMIE-ROYALE

DE MUSIQUE,

Le Mardi 14 Février 1758.

Et remise au Théâtre le **Mardi** 6 *Décembre* 1768.

PRIX XXX. SOLS.

AUX DÉPENS DE L'ACADÉMIE.

A PARIS, Chés DE LORMEL, Imprimeur de ladite Académie, rue du Foin, à l'Image Sainte Genevieve.

On trouvera des Exemplaires du Poeme à la Salle de l'Opera.

M. DCC. LXVIII.

AVEC APPROBATION ET PRIVILEGE DU ROI.

Le Poeme eſt de FONTENELLE.

La Muſique de M. DAUVERGNE *, Surintendant & Maître de la Muſique du Roi.*

ACTEURS CHANTANTS
DANS LES CHŒURS.

Côté du Roi.		Côté de la Reine.	
Mesdemoiselles.	*Messieurs.*	*Mesdemoiselles.*	*Messieurs.*
Durand.	Héri.	Hebert.	l'Écuyer.
Guillaume.	Cailteau.	d'Agée.	Albert.
Fontenet.	Candeille.	des Rosieres.	Tourcati.
le Bourgeois	Van-Hecke.		Paris.
Beauvais.	Vatelin.	Jouette.	Touvois.
Chenais.	Vaudemont.	Leger.	Beghain.
Veron.	Lagier.	de l'Or.	Capois.
Renard.	Larssure.	Sophie.	Laurent, c.
Héri.	Rose.	Châteauneuf.	Boi.
	Robin.		
Beauvernier.	Antheaume.	le Queux.	Laurent, l.
	Méon.		Huet.
	Botson.		Itasse.
	Cleret.		Parant.
	Tacusset.		Noel.

ACTEURS.

ÉNÉE, *Prince Troyen*,	M. le Gros.
ILIONÉE, *ami d'ÉNÉE*,	M. Durand.
LAVINIE, *Princeſſe du Latium*,	Mᶫˡᵉ. du Ranci.
CAMILLE, *Confidente de LAVINIE*,	Mᶫˡᵉ. Rivier.
Le ROI *du Latium*,	M. Gélin.
La REINE,	Mᶫˡᵉ. du Bois.
TURNUS, *Prince des Rutules*,	M. l'Arrivée.
Le GRAND-PRÊTRE *de JANUS*,	M. Muguet.
JUNON,	Mᶫˡᵉ. du Plant.
Un FAUNE,	M. Durand.
Une DRIADE,	Mᶫˡᵉ. Roſalie.
L'ORACLE de FAUNUS,	M. Caſſaignade.
L'OMBRE de DIDON,	Mᶫˡᵉ. du Plant.
VÉNUS,	Mᵈᵉ. l'Arrivée.
IRIS,	Mᶫˡᵉ. Roſalie.

PRÊTRES & PEUPLES *du LATIUM.*

SOLDATS *TROYENS & RUTULES.*

FAUNES & DRIADES.

BACCHANTES.

JEUX & PLAISIRS.

PEUPLES de *l'ASIE.*

GNOMES.

PERSONNAGES DANSANTS.
ACTE PREMIER.
PEUPLES LATINS.

M. GARDEL.

Mlle. MION.

Mrs. SIMONIN, des PREAUX.

Mlles. du PEREI, GARDEL.

le Grand, la Rue, Caster, Ferrer, Hennequin, c., Delsire.

Mlles. Vernier, Riviere, de l'Aunai, d'Auvilliers, l'Aud'heumier, Adéline.

ACTE SECOND.

FAUNES ET DRIADES.

Mlle. HEINEL.

M. DAUBERVAL, Mlle. PESLIN.

M^{rs}. Gambu, Ferer, Martinet, Cafter, Pierfon, Rouffel, Hennequin, c., le Ro main.

M^{l.es}. Vernier, le Roi, d'Auvilliers, Lavau, Hidoux, Ifoire, Villette, Julie.

ACTE TROISIEME.

BACCHANTES.

Mlle. ALLARD.

Mlles. HEINEL, ASSELIN,

Mlles. MION, PITROT.

Mlles. de Miré, Gaudot, Grandi, Mercier, la Fond, Buard, Mimi, Ifoire, Hidoux, Teftard, d'Auvilliers, Vernier, Lavau, Gillfenan, le Houx, Tacite.

ACTE QUATRIEME.

JEUX ET PLAISIRS.

M. VESTRIS, Mlle. GUIMARD.

M^{rs}. Leger, Riviere, Trupti, Granier, du Bois, Gardel, c., des Preaux, Lani, c., Aubri, Pierſon, Hennequin, l., Ferer.

Mlles. Gaudot, Grandi, Mercier, la Fond, Buart, Mimi, Teſtard, Blondeval, Gillſenan, le Houx, Tacite, la Chaſſaigne.

GRACES.

Mlles. AUDINOT, du PEREI, d'ERVIEUX.

AMOURS.

Mlles. des PERIERES, BERVILLE.

ACTE CINQUIEME.

HÉBÉ,

Mlle. G U I M A R D.

S U I T E D'H É B É.

Mlle. A S S E L I N.

Mlles. Dervieux, Audinot, le Roi, le Clerc,
Louifon, Riviere, Buret, Adeline.

ESPRITS DE L'AIR.

M. G A R D E L.

M. L A N I.

M^{rs}. Allix, Beaulieu, Gallet, le Grand, Gambu,
Ferrer, Balderoni, le Romain.

GNOMES & GNOMIDES.

Mlle. A L L A R D.

M. D A U B E R V A L, Mlle. P E S L I N.

M^{rs}. Leger, Riviere, Granier, des Preaux.
Mlles. de Miré, Gaudot, Grandi, Blóndeval.

ÉNÉE.

ÉNÉE et LAVINIE,
TRAGÉDIE.

ACTE PREMIER.

Le Théâtre repréſente le Temple de Jânus , dont les portes ſont ouvertes , la guerre entre Énée & Turnus n'étant pas terminée. On voit , dans le fond du temple , la ſtatue de Jânus , aux piés de laquelle ſont enchaînées la Diſcorde , la Haîne , la Fureur & la Guerre.

SCÉNE PREMIERE.
ÉNÉE, ILIONÉE.
ILIONÉE.

Enfin voici le jour qui donne à la princeſſe
Ou vous , ou Turnus pour époux ;
Le Roi va choiſir entre vous.
Chaſſés cette ſombre triſteſſe :

B

Pourquoi vous refuſer à l'eſpoir le plus doux ?

ÉNÉE.

Non, ne me flate point d'une eſpérance vaine.
De mes tendres ſoûpirs je recevrois le fruit,
Malgré l'heureux Turnus, appuyé par la Reine !
Non, ne me flate point d'une eſpérance vaine ;
Non, je connois trop bien le ſort qui me pourſuit.

SCÉNE II.

ÉNÉE, LAVINIE, ILIONÉE ; CAMILLE.

ÉNÉE.

Daignés vous arrêter, princeſſe trop charmante ;
Tournés les yeux ſur moi : j'attends ici mon ſort ;
J'attends, dans un moment, ou la vie ou la mort :
Quel moment, juſte ciel ! mon cœur s'en épouvente.

LAVINIE.

Il eſt vrai que ce jour va régler les deſtins
Des trop infortunés troyens :
Vous ſortirés du-moins d'incertitude ;
Vous ſaurés ſi les Dieux, déſarmant leur couroux.

É N É E.

Je vais favoir fi je dois être à vous,
C'eſt toute mon inquïétude.

Sur mon deſtin malheureux
Un regard de vos beaux yeux
Eſt l'oracle que j'implore :
Accordés à qui vous adore
Un feul regard de vos beaux yeux.

L A V I N I E.

Dans mes regards que pourriés-vous apprendre?
Entre vous & Turnus le Roi feul choiſira.

É N É E.

A ce choix, quel qu'il foit, votre cœur fe rendra?
Ah! ceſſés de vous en défendre.
Oui, l'Amour prépare à vos vœux
Le fuccès le plus favorable :
Peut-il ceder à d'autres dieux
Le foin de rendre heureux
L'objet le plus aimable?
Princeſſe, ne différés pas;
Parlés, nommés l'amant que votre cœur préfere.

L A V I N I E.

A quoi m'expôferois-je, hélas!

En prévenant le choix d'un pere ?

É N É E.

O Vénus, o mere d'amour !
Croirai-je encor que je vous dois le jour ?

(*On entend une annonce de Marche.*)

L A V I N I E.

Qu'entends-je ?.. le Roi vient ; l'heure fatale arrive !

É N É E.

Vous ne raffûrés point mon âme trop craintive !

L A V I N I E.

Prince, fi dans ce jour le choix m'étoit permis,
Vous pourriés reconnoître
Que Vénus a toûjours favorifé fon fils.

É N É E.

Ah, ciel ! fe pourroit-il....

L A V I N I E.

Je vois le Roi paroître.

(*Marche.*)

SCÈNE III.

LE ROI, LA REINE, LAVINIE, ÉNÉE, TURNUS, ILIONÉE, CAMILLE, Prêtres de Janus, Gardes, Soldats Troyens, Soldats Rutules, Peuples Latins.

LE ROI.

Vous, qui dans les combats futes si redoutés,
 Nobles rivaux, qui consentés
 A terminer une guerre cruëlle ;
Je vais, dans ce grand jour, prononcer entre vous;
De Lavinie enfin je vais nommer l'époux :
Puisse mon choix produire une paix éternelle!

O Jânus ! c'est à toi de nous rendre la paix.

ÉNÉE & TURNUS.

O Jânus ! nos serments sont garents de la paix.

LE ROI, ÉNÉE & TURNUS.

Retiens captives désormais
La Guerre, la Fureur, la Discorde & la Haîne ;
Retiens-les à tes piés sous une même chaîne.

LE ROI & LE CHŒUR.

Ensemble. O Jânus! c'est à toi de nous rendre la paix.

ÉNÉE & TURNUS.

O Jânus! nos sermens sont garents de la paix.

(*Danse des peuples, qui demandent à JANUS
le retour de l'Age-d'or.*)

CHŒUR.

Jours heureux, jours pleins de charmes,
Recommencés votre cours :
Vous, qui coûliés sans allarmes,
Revenés, aimables jours.

(*On danse.*)

ILIONÉE.

Doux charme de nos âmes,
Plaisirs, Amours, régnés sur tous les cœurs ;
La Paix va rallumer vos flâmes ;
Plaisirs, Amours, soyés nos seuls vainqueurs,
Que le feu de la Guerre
Cede au feu de l'Amour.
Qu'il enflâme à son tour
Et les cieux & la terre :
Qu'en ces lieux désormais
Tout respire la Paix.

Doux charme, &c,

(*On danse.*)

L E   R O I.

Miniſtres de Jânus, vous, que de ſes miſteres
Il a rendu dépoſitaires,
Pour marque de la paix, fermés l'auguſte lieu
Habité par le Dieu.

(Les prêtres ferment les portes avec cérémonie.)

L E   G R A N D - P R É T R E.

Que l'on garde un profond ſilence;
Le Roi va déclarer ſon choix,
Si les dieux aux humains refuſent leur préſence,
Ils daignent leur parler par la bouche des rois.

(Dans ce moment les portes du temple s'ouvrent d'elles-
mêmes, avec un grand bruit ; tout le temple paroît en
feu; les quatre Déites, enchaînées aux piés de Jânus,
s'envolent.)

C H Œ U R.

Quel bruit affreux ſe fait entendre !
Quel ſpectacle eſt offert à nos yeux étonnés ?
Charmante Paix, que nous ôſions attendre,
Eſt-ce ainſi que vous revenés ?

(JUNON deſcend du ciel.)

SCÊNE IV.

JUNON, *& les* ACTEURS *de la ſcéne précédente.*

JUNON, *dans ſon char.*

Vous ôſés préparer une paix qui m'offenſe :
Tremblés !... Et vous, Turnus, conſommés ma ven-
    geance !
    Chaſſés des bords Auſonïens
     Les perfides troyens.

    Que les plus horribles tempêtes
Sur ces peuples errants s'aſſemblent dans les airs :
Que la foudre s'enflâme & gronde ſur leurs têtes ;
Qu'ils ſoient précipités dans l'abîme des mers !

     (JUNON *remonte aux cieux.*)

SCÊNE

SCÊNE V.

LE ROI, LA REINE, LAVINIE, ÉNÉE,
TURNUS, &c.

LE ROI.

Qu'ai-je entendu ? quel excès de colere !
Les dieux connoîssent-ils ces tranfports furïeux ?

ÉNÉE.

Efpérons du fecours : fi Junon m'eft contraire,
J'ai d'autres dieux pour moi, qui partagent les cieux.

LE ROI.

Sortons, ne fongeons plus au choix que j'allois faire :
Nous devons ce refpect à la Reine des dieux.

SCÈNE VI.

LA REINE, TURNUS.

ENSEMBLE.

Trïomphons, trïomphons ! tout nous eſt favorable :
Accâblons les troyens, ne les épargnons plus :
Par une vengeance implacable
Réparons les moments que nous avons perdus.

FIN DU PREMIER ACTE.

ACTE SECOND.

*Le Théâtre repréfente un bois confacré à Faunus.
On voit, dans le fond, la ftatue du Dieu.*

SCÉNE PREMIERE.

LAVINIE, feule.

Toi, qui fouvent nous marques ta préfence
  Dans ce bois, qui t'eft confacré,
Faunus, toi dont mon pere a reçu la naiffance,
Permèts à mes foûpirs de troubler le filence
  De ce féjour fi révéré.

SCÈNE II.
CAMILLE, LAVINIE.
CAMILLE.

Pourquoi dans ce lieu solitaire
Venés-vous de vos pleurs entretenir le cours ?
Si Junon poursuit toûjours
Le héros qui sait vous plaire ,
La Déèsse des amours
N'est pas un foible secours.

LAVINIE.

Ah ! que peut-il atttendre
Du secours de Vénus ?

Elle a causé les feux qui vinrent me surprendre ;
Je l'aime, je le plains, & ne puis rien de plus.
Ah ! que peut-il attendre
Du secours de Vénus ?

Lorsque du haut des cieux Junon vient de descendre
Pour armer contre lui mon pere avec Turnus,
L'objet d'une flâme si tendre
N'a pour lui que ces pleurs, que tu me vois répandre,
Et qui lui sont même inconnus.
Ah! que peut-il attendre
Du secours de Vénus ?

SCÉNE III.

LE ROI, LAVINIE, CAMILLE.

LE ROI.

MA fille, je ne puis renoncer, qu'avec peine,
A l'espoir de la paix, dont j'ôsois me flâter :
Peut-être que le ciel n'approuve point la haîne.
Que Junon a fait éclater.
Dans le doute où je suis, j'ai recours à mon pere :
Son Oracle souvent me conduit & m'éclaire ;
Et je viens pour le consulter.

Habitant redoutable
De ces antres & de ces bois,
Toi, pour qui l'avenir n'a rien d'impénétrable,
Toi, qu'oblige le sang à m'être favorable,
Tu peux seul dissiper le trouble où tu me vois ;
Daigne faire entendre ta voix.

SCÈNE VI.

LE ROI, LAVINIE, CAMILLE, FAUNES ET DRIADES.

CHŒUR de FAUNES & de DRIADES.

Quittons nos demeures fauvages,
Sortons de nos antres fecrèts ;
Écoutons, écoutons le Dieu de ces forèts.
De l'obfcur avenir il perce les nüages ;
Écoutons, écoutons, *&c.*

L'ORACLE DE FAUNUS.

Les Amours vont bien-tôt ramener parmi vous
La Paix, qu'ils en avoient bannie.
Le Ciel fuivra les vœux de Lavinie
Sur le choix d'un époux.

LE ROI.

Ma fille, tu le vois, nos frayeurs étoient vaines;
La fureur de Junon n'a qu'un foible pouvoir.

LAVINIE.

Eûffions-nous ôfé dans nos peines
Nous flater d'un fi doux efpoir ?

*(Danſe des faunes & des driades , qui marquent leur
joie d'un oracle ſi favorable.)*

Úɴ *FAUNE* & ᴜɴᴇ *DRIADE*,
alternativement avec le Cʜœᴜʀ.

Chantons, cent & cent fois,
Rendons hommage au Dieu des bois.
Il perce la nuit des tems
Sur le deſtin des amants:
S'ils aiment bien , s'ils ſont charmants,
Il voit la fin de leurs tourments.
Jeune beauté , quel ſort plus doux !
De tels oracles ſont faits pour vous.

Avec un cœur qui ſait aimer ,
Goûtés le plaiſir de charmer ;
Non , rien ne doit vous allarmer :
Malgré les deſtins jaloux ,
L'Amour nous protege tous :
Brûlés , imités-nous :
Peut-on aſſés reſſentir ſes coups ?
Voici le jour des Ris, des Jeux ;
Le dieu Faunus remplit nos vœux :
L'Oracle enfin a prononcé ;
L' auguſte himen eſt annoncé :
C'eſt l'Age-d'or
Qui renaît encor.

(On danſe.)

LE *ROI*, à *LAVINIE*.

Entre les deux héros il faut que tu choififfes :
Songe à régler enfin le fort qui les attend.
Sans-doute que les dieux, à tes vœux fi propices,
Daigneront t'éclairer fur ce choix important.

SCÈNE V.

LAVINIE, *feule*.

JE me livre au bonheur dont ma peine eft fuivie :
Grands dieux, de quels plaifirs mon cœur eft pénétré !
Un aimable héros, en fecret adoré,
Recevra de ma main le bonheur de fa vie !
Il pouvoit le tenir du Roi ;
Mais que j'aime à penfer qu'il tiendra tout de moi !

(*On entend une fimphonie.*)

Dieux, quelle eft ma frayeur mortelle !
Une obfcure vapeur s'éleve des enfers !
Quels fantômes, fortis de la nuit éternelle,
Ôfent paroître dans les airs ?
Dieux, juftes dieux ! quel fpectacle terrible ?
Où fuis-je ? quel eft mon effroi !
Dérobons-nous, s'il eft poffible.

SCÈNE

SCÈNE VI.

LAVINIE, L'OMBRE DE DIDON.

L' O M B R E.

ARrête, Lavinie, arrête ! écoute moi.
   Je fus Didon , je regnai dans Carthage :
Un étranger, rebut des flots & de l'orage ,
De ma prodigue main reçut mille bienfaits :
L'Amour en fa faveur avoit féduit mon âme ;
Par une feinte ardeur il augmenta ma flâme ,
   Et m'abandonna pour-jamais.

L A V I N I E.

Ah, quelle trahifon !

L' O M B R E.

      Mon défefpoir extrême
Arma mon bras contre moi-même :
Ma mort ne pût toucher mon indigne vainqueur.

L A V I N I E.

Le perfide ! l'ingrat !

L' O M B R E.

      Cet ingrat, ce perfide,

D

C'eſt ce même troyen, pour qui l'amour décide
Dans le fond de ton cœur.

(L'*OMBRE* s'abîme.)

SCÈNE VII.

LAVINIE, *ſeule*.

QUel abîme de maux à mes yeux ſe préſente!..
Juſte Ciel, prends pitié de la plus tendre amante!

FIN DU SECOND ACTE.

ACTE TROISIEME.

*Le Théâtre repréſente les jardins d'un Palais de Circé,
qu'elle a laiſſé à Latinus ſon petit-fils.*

SCÈNE PREMIERE.

LA REINE, TURNUS.

LA REINE.

PUiſque ma fille encor ne ſuit pas mon attente,
Non, il n'eſt rien que je ne tente.
Bacchus eſt aujourd'hui célébré parmi nous,
Il ne voit les troyens que d'un œil de couroux ;
Tournons contre eux les fureurs qu'il inſpire :
Peut-être aîdera-t-il lui-même à nos tranſports ;

D ij

Peut-être ferons-nous que le peuple conſpire
A les chaſſer tous de ces bords.

La princeſſe paroît , je vous laiſſe avec elle :
La fête de Bacchus m'appelle.

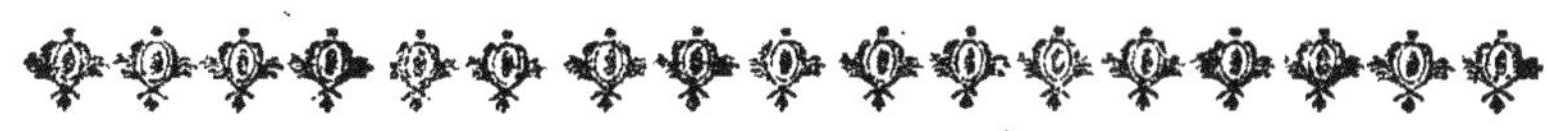

SCÈNE II.

LAVINIE, TURNUS.

T U R N U S.

Princesse, est-il donc vrai que vos vœux si long-
tems.
Entre Énée & Turnus puissent être flotants?

L A V I N I E.

Souffrés, avec moins de colere,
Que je ne précipite rien :
Le choix que je dois faire
Regle le sort des états de mon pere,
Et décide du mien.

T U R N U S.

Ne me trompés point, inhumaine !
Je ne connois que trop quel est votre embarras ;
Non, vous ne balancés pas :
Ce n'est point votre choix qui vous rend incertaine ;
Vous tremblés seulement à nous le déclarer ;
Et plus vous y sentés de peine,
Plus je vois quel amant vous voulés préférer.

LAVINIE.

Si mon choix étoit fait, quelle raison secrete
> M'obligeroit de le cacher ?

TURNUS.

Ah ! pourriés-vous ne vous pas reprochèr
L'injure que vous m'auriés faite ?

Je suis du sang dont vous sortés ;
Je vous aimai , dès l'âge le plus tendre ;
Mes vœux font les premiers qu'on vous ait fait
entendre ,
Et vos fers font les seuls que mon cœur ait portés.
Ne redoutés-vous point une honte éternelle
En nommant un troyen , inconnu dans ces lieux,
Qui, peut-être, pour d'autres yeux
Brûla souvent d'une flâme infidele ? . . .
Vous vous troublés !

LAVINIE.

Seigneur...

TURNUS.

Ce trouble que je voi !
M'apprend ce qu'il faut que j'espere :
Vous voyés, malgré vous, tout le prix de ma foi,
Et vous sentés, avec colere,

Que la raison vous parle encor pour moi.

L A V I N I E.

Il est vrai, la raison pour vous se fait entendre;
Mais elle peut aussi parler pour un rival.
Le destin de tous deux de mon choix doit dépendre;
    Vous êtes dans un rang égal.

T U R N U S.

Hé! peut-il comme moi vous aimer pour vous-même?
Haï des dieux, errant & par-tout rebuté,
Il n'a que votre himen pour fuir l'horreur extrême
Du sort, qui le poursuit, & qu'il a mérité.

L A V I N I E.

Des vœux intéressés n'ont guere de puissance.
Si par de feints soûpirs on prétend m'impôser,
Je saurai démêler un dessein qui m'offense.

T U R N U S.

    Vous saurés vous le déguiser.

Mais je ne prétends pas immoler ma tendresse :
J'aurai pour impôser à la témérité
    Et combattre votre foiblesse,
Les plus grands dieux, la Reine & mon cœur irrité.

SCÊNE III.

LAVINIE, seule.

QUelle superbe plainte a-t-il ôsé me faire ?
Quel est ce fier emportement ?..
Si l'on contraint mes vœux, s'il faut perdre un amant,
Qu'un instant si fatal pour le moins se differe.

(*On entend un prélude bruyant.*)

Quentends-je ?.. quel bruit confus!..

(*Des bacchantes paroissent au fond du théâtre.*)

Ce sont les fêtes éclatantes
Qu'on offre en ce jour à Bacchus....
La Reine conduit les bacchantes!

SCÊNE

SCÉNE IV.

LA REINE, LAVINIE, BACCHANTES
qui célebrent la fête de BACCHUS.

(On danse.)

CHŒUR.

CHantons Bacchus & ses bienfaits.
   Quels fruits ont plus d'attraits
Que les fruits dont il se couronne ?
Les plaisirs ne quittent jamais
L'aimable cour qui l'environne :
La raison fuit, dès qu'il l'ordonne,
Et laisse les humains en paix.
Chantons Bacchus & ses bienfaits.

(On danse.

LA *REINE*, *alternativement avec le* CHŒUR.

   Heureux les lieux où sa présence
     Répand mille appas !
     Heureux les climats
   Qui lui donnerent la naissance !
   Heureux les lieux ou sa présence
     Répand mille appas !

(On danse.

E

L A *R E I N E.*

Les troyens déteſtent la Grece ;
Bacchus y prit naiſſance, il la comble de biens ;
Allons, que chacun s'emprèſſe
A pourſuivre les troyens.
(*Une fureur divine ſaiſit les bacchantes.*)

L A *REINE* & *le* CHŒUR.

Cherchons en tous lieux nos victimes,
Cherchons les troyens, hâtons-nous :
Que l'exil les diſperſe tous,
Que le fer puniſſe leurs crimes ;
Qu'ils périſſent dans les abîmes
De la mer en couroux !

O toi, qui contre eux nous animes
Par des fureurs ſi légitimes,
Bacchus, tu dois être jaloux
D'égaler Junon par tes coups :
Viens, frappe avec nous tes victimes !

L A *R E I N E.*

Toi, qui, par des tranſports puiſſants,
Te rends le maître de nos âmes,
De Lavinie embrâſe tous les ſens ;
Inſpire-lui la haîne que je ſens
Et la fureur dont tu m'enflâmes ;
Deſcends dans ſon cœur, deſcends.

(Danse des bacchantes furieuses , autour de LAVINIE.)

LAVINIE.

Où suis-je, o ciel ! dans les murs de Carthage
Qui m'a pu foudain tranfporter ?
J'y vois les feux allumés par la rage
D'une amante que l'on outrage ;
Je la vois s'y précipiter ;
J'entends fes cris : dieux ! elle expire
En nommant un ingrat, infenfible à fa mort.

C'eft envain qu'en ces lieux ton lâche cœur afpire
A me faire un femblable fort :
Va, perfide troyen ! cherche une autre conquête.

Reine, écoutés.... écoutés tous.
Je choifis....

L A R E I N E.

Déclarés un choix digne de vous.

LAVINIE.

Malheureufe Didon ! ...

L A R E I N E E T L E CHŒUR.

Parlés : qui vous arrête ?
E ij

LAVINIE.

Je choifis Turnus pour époux.

(Elle fort.)

LA REINE & le CHŒUR.

(Pendant le morceau fuivant la danfe exprime fa joie du choix de LAVINIE.)

> Que nos cris d'allegreffe
> S'élevent jufqu'aux cieux :
> Nous fommes victorieux :
> Chantons, chantons fans-cèffe ;
> Nous fommes victorieux.
> Que nos cris d'allegreffe
> S'élevent jufqu'aux cieux.

FIN DU TROISIEME ACTE.

ACTE QUATRIEME

Le Théâtre repréfente le palais de Circé.

SCÈNE PREMIERE.

É N É E, *feul.*

Maître du ciel, o toi, dont la puiffance,
Malgré mille dangers, m'a conduit dans ces lieux,
Entends ma voix, daigne écouter mes vœux!
Tu vois mon fort cruël : grand Dieu, prends ma défenfe ;
Ou que fur moi de la Reine des cieux
Ta foudre acheve la vengeance !

Je pers l'afile heureux, promis à nos travaux,
Et c'eft le moindre de mes maux.

Maître du ciel, &c.

SCÉNE II.

ÉNÉE, LAVINIE.

ÉNÉE.

ME cherchés vous, cruëlle ?
Venés-vous infulter à ma douleur mortelle ?
Ah ! laiffés-moi mourir ;
Laiffés-moi difpôfer de mon dernier foûpir.
Que dis-je ? non, venés, venés répondre
Aux reproches qui vous font dûs :
Je veux, en mourant, vous confondre
Sur l'injufte choix de Turnus.
Mes tranfports, mon amour....je fens que je m'égare....
Il règne en mon efprit un défordre fatal...
Hélas ! eft-il bien vrai que votre cœur barbare
Me facrifie à mon rival?

LAVINIE.

Vous prenés un foin inutile ;
Que vous fert d'étaler une feinte douleur ?
Si l'himen en ces lieux vous fait un fort tranquille,
Ma perte eft un foible malheur.

É N É E.

Ah ! que ne puis-je, à vos yeux même,
Porter ailleurs mes foûpirs & ma foi !
Pourquoi feindrois-je ici ce défefpoir extrême ?
Que pourrois-je efpérer ? tout eft perdu pour moi !

L A V I N I E.

L'amour fur votre cœur n'a pas tant de puiffance ;
Didon avoit fu l'embrâfer ;
Vous vites cependant fa mort avec conftance.
La gloire des héros fans-doute les difpenfe
De la fidélité , de la reconnoiffance
Qu'aux vulgaires amants l'amour fait impôfer.

É N É E.

De ce crime odïeux ceffés de m'accufer.
Didon par fes bienfaits me prévenoit fans-cèffe :
Reconnoiffant de fa tendreffe ,
Plus que touché de fes appas ,
Je lui donnois un cœur, qui ne fe donnoit pas :
Et fi je la quittai, tel fut l'ordre fuprême
De Jupiter lui-même.

L A V I N I E.

O Ciel !

É N. É E.

Que n'ai-je pu , grands dieux,

L'aimer, vivre auprès d'elle, éloigné de vos yeux !
Je n'éprouverois pas le défefpoir extrême
De voir ce que j'adore infenfible à mes feux.

L A V I N I E.

Hé quoi ! vous m'aimeriés d'un amour fi fincere ?
Laiffés-moi plûtôt en douter.

É N É E.

D'où vient que je vous vois à vous-même contraire ?
Hé ! quel trouble fecret femble vous agiter ?

L A V I N I E.

Si j'avois votre cœur que je ferois à plaindre !

É N É E.

Achevés : qui peut vous contraindre ?

L A V I N I E.

Qu'aurois - je fait, grands dieux ! Turnus feroit
     nommé,
Et vous feriés aimé !

É N É E.

Qu'entends - je ! pourquoi donc , par un choix fi fu-
nefte....

LAVINIE.

LAVINIE.

Les enfers contre vous ont fait parler Didon
Une fureur divine, hélas! a fait le reste ;
   Et d'un amant , que je déteste ,
   Elle a fu m'arracher le nom.

É N É E.

D'une aveugle fureur defavoüés l'ouvrage.

L A V I N I E.

Il n'eft plus tems ; mon choix eft fu du Roi.
Ma gloire, mes ferments, la Reine , tout m'engage
   A fuivre une cruëlle loi.

É NÉE et *LAVINIE.*

O ciel , quelle infortune extrême !

É N É E.

Je vais perdre , à-jamais , le feul objet que j'aime.

L A V I N I E.

Du bien qui m'attendoit je me prive moi-même.

É NÉE et *LAVINIE.*

O mort ! de nos tourments venés nous délivrer.
O mort ! uniffés-nous ; on nous va féparer.

F

  ÉNÉE ET LAVINIE,

LAVINIE.

Je vois Turnus ; il faut que je l'évite.

É N É E.

Laiſſés-moi lui parler ; dérobés-lui vos pleurs,
Puiſque je ſuis aimé, ce que mon cœur médite
Peut réparer tous nos malheurs.

****

SCÈNE III.
ÉNÉE, TURNUS.
ÉNÉE.

Seigneur, vous cherchés Lavinie ;
Permettés qu'un moment j'ôse arrêter vos pas.
On a fait choix de vous, & la guerre est finie :
Je sais trop que dans les combats
Le sang de nos sujèts ne se doit plus répandre ;
Mais je puis encore prétendre
Que, le fer à la main, aux yeux de nos soldats,
Nous terminions seuls nos débats.

TURNUS.

Préféré par l'objet que j'aime ,
Je sais que je pourrois ne pas prendre la loi
De votre désespoir extrême ;
Mais à la gloire aussi je sais ce que je doi :
J'accepte le combat, & j'obtiendrai du Roi
Qu'il en soit l'arbître suprême.
Cependant, Seigneur, redoutés
Un rival, qui sur vous a déjà l'avantage.

F ij

É N É E.

La victoire que vous vantés
N'eſt pas pour vous , peut - être , un ſi charmant
   préſage.
    (*On entend une harmonie très-douce.*)

※※※※※※※※※※※※※※※※※※

S C È N E I V.

É N É E , *ſeul.*

J'Entends d'agréables concerts :
   Une clarté plus pure
   Se répand dans les airs :
Un nouveau charme embellit la nature
   Et pare l'univers.
C'eſt Vénus qui deſcend ; tout me fait reconnoître
   La Déèſſe de la beauté.
   Et quelle autre divinité
Peut annoncer ainſi qu'elle eſt prête à paroître ?
   (*Vénus deſcend des cieux.*)

SCÈNE V.

VÉNUS , les GRACES , ÉNÉE , PLAISIRS *de la
suite de* VÉNUS *; deux* AMOURS , *portant des
armes pour* ÉNÉE.

ÉNÉE.

Déèſſe , à qui je puis donner des noms plus doux ,
  Mere des Amours & ma mere ,
  Quel deſtin , quelle loi ſevere
M'a ſi long-tems fait languir loin de vous ?

VÉNUS.

  Mon fils , connois mieux ma tendreſſe ;
Tu ne vois pas toûjours ce que fait mon pouvoir :
En poſſedant le cœur d'une aimable princeſſe ,
  Penſes-tu ne me rien devoir ?

Quand l'épouſe du Dieu qui lance le tonnerre ,
Arme contre tes jours & le ciel & la terre ,
Apprends ce que j'oppôſe à toutes ſes fureurs ;
  Je te donne les cœurs.
J'ai fait plus : ton rival a des armes fatales ,
  Teintes dans les eaux infernales ;
Et je t'aporte ici des armes , que Vulcain
Vient de forger pour toi d'une immortelle main.

  (*Danſe des Grâces & des Plaiſirs.*)

VÉNUS.

Plaisirs, présentés-lui les armes
Qui de son ennemi rendront le sort douteux :
Et vous, Grâces, Amours, versés sur lui les charmes
Qui d'un aimable objet redoubleront les feux.

(Les Plaisirs, les Amours & les Grâces exécutent,
en dansant, les ordres de Vénus.)

C H Œ U R.

Quels triomphes charmants ! Déèsse de Cithere,
Tu parois, tous les cœurs te demandent des fers.
D'un regard, la beauté commande à l'univers ;
C'est regner que de plaire.

V É N U S.

Doux plaisirs, filés les jours
D'un fils que j'aime :
De son sort, dieu des Amours,
Prends soin toi-même.

C H Œ U R.
Vole, règne toûjours.
V É N U S.
Viens, doux Himen, enchaîner son amante.
C H Œ U R.
Remplis l'attente
Qui les enchante.

V É N U S.

Viens, répands tes biens charmants.

C H Œ U R.

Viens, répands tes biens charmants.

V É N U S.

Dieu d'Amour, tendre Amour,
  Ramene la Paix ;
  Rends à cette cour
  Ses plus doux attraits.

C H Œ U R.

Dieu d'Amour, &c.

V É N U S.

Plaifir, remplis mes fouhaits ;
Les dieux t'ont fait naître exprès :
  Règne fans-cèffe.

C H Œ U R.

Vole, fuis ta Déèffe.

V É N U S.

Forme des chaînes de fleurs.

C H Œ U R.

Règne par tes faveurs.

V É N U S.

Plaifir, remplis tous les cœurs.

V É N U S et le *CHŒUR.*

Tendre Amour, doux Himen, c'eft Vénus qui
   l'ordonne;
Préparés pour fon fils la plus belle couronne.

FIN DU QUATRIEME ACTE.

ACTE

ACTE CINQUIEME.

Le Théâtre repréfente le Temple de Junon.

SCÈNE PREMIERE.

L A V I N I E, feule,

QUEL trifte fort dans ce temple m'amene ?
Pourquoi faut-il que j'y fuive la Reine ?
Ici tout reconnoît la Maitreffe des dieux,
Qui nous haît, & qui nous accâble :
Turnus feroit peu redoutable,
Sans le fecours qui lui vient de ces lieux.

Peut-être le combat en ce moment commence,
Peut-être en ce moment Énée eft en danger.

G

Juſtes Dieux , prenés ſa deffenſe !
Ah ! pourriés-vous ne le pas protéger ?

SCÉNE II.

LA REINE, LAVINIE.

LA REINE.

Ma fille , trïomphons ; j'ai fait un ſacrifice
Qui nous promet un heureux ſort.
Du plaiſir que je ſens partage le tranſport :
Il n'en faut point douter , Junon nous eſt propice,
Et l'on va du troyen nous annoncer la mort.

LAVINIE.

Sa mort !.. ah, je frémis !

LA REINE.

Quelle eſt cette ſurpriſe !
Quoi ? contre un ennemi le ciel nous favoriſe,
Et j'entends vos foûpirs , je vois coûler vos pleurs !

LAVINIE.

Puiſque ma flâme s'eſt trahie,
Je ne vous cache plus mes mortelles douleurs ;
Avec cet ennemi je vais perdre la vie.

LA REINE.

Quentends - je ? ah ! rougiſſés de cet indigne
amour.

LAVINIE.

Contentés-vous, qu'il m'en coûte le jour.

SCÊNE III.

LA REINE, LAVINIE, CHŒUR,
que l'on entend, & qu'on ne voit point.

(*On entend un bruit de trïomphe.*)

LA REINE.

Quels ſons ! la trompette éclatante
Annonce de Turnus le ſuccès glorïeux.

CHŒUR, *derriere le théâtre.*

Élevons juſqu'aux cieux
La valeur trïomphante.

LA REINE.

O Junon !

LAVINIE.

Je frémis !

LE CHŒUR.

Chantons le jour heureux

G ij

Qui comble notre attente.

(*Le Roi paroît, conduisant Enée, entouré de Soldats*
& de Peuples.)

LA REINE.

Ciel, que vois-je ! fuyons un vainqueur odïeux.

* * *

SCÈNE IV.

LAVINIE, LE ROI, ÉNÉE, SOLDATS TROYENS,
PEUPLES.

LE ROI, *préfentant ÉNÉE à LAVINIE.*

Venés, digne héros, que ma fille couronne
Le trïomphe éclatant que la valeur vous donne.

ÉNÉE, *à la* PRINCESSE.

Ah! n'accorderiés-vous votre main qu'au vainqueur ?
Non ; qu'elle foit le prix de toute ma tendreffe.

LAVINIE.

Vénus peut lire dans mon cœur ;
Et vous êtes fon fils ; croyés-en la Déèffe.

ÉNÉE, *s'avançant à l'Autel de* JUNON.

Redoutable Junon, je viens à vos genoux

Par des refpects profonds expïer ma victoire :
L'Amour vient d'égaler mon bonheur à ma gloire ;
Et dans ce même inftant je me foûmèts à vous.

LAVINIE & ÉNÉE, *la main pôfée fur l'autel.*

Par un ferment à-jamais refpecté,

Souffrés ⎰ qu'à ce héros ⎱ un tendre himen me lie.
⎱ qu'à ma princeffe ⎰

Nous n'implorons ce nœud fi fouhaité,
Que pour avoir la liberté
De nous aimer le refte de la vie.

L E R O I.

Ah, quel préfage heureux ! quelle vive clarté ?

❋❋❋❋❋❋❋❋❋❋❋❋❋❋❋❋❋❋❋❋❋

SCÈNE V.

LES ACTEURS DE LA SCÈNE PRÉCÉDENTE,
JUNON, IRIS.

*(JUNON descend dans une Gloire, environnée de ses
attributs. IRIS est auprès d'elle, pôsée sur son Arc.)*

JUNON, dans sa gloire.

INvincible guerrier, Junon vient vous apprendre
Qu'à vos heureux destins elle daigne se rendre :
Ma haîne contre vous n'a que trop combattu.
Il n'est rien qu'à la fin la vertu ne surmonte ;
    A Vénus tout cede sans honte ,
Et vous avés pour vous Vénus & la vertu.

LE ROI, LAVINIE, ÉNÉE.

O suprême bonté ! quelle reconnoissance !...

JUNON.

    Iris , rassemblés dans ces lieux
Tous les Êtres soûmis à mon obéissance :

(IRIS descend sur son arc.)

Je veux sur ces époux signaler ma puissance
    A force de les rendre heureux.

(JUNON disparoît.)

IRIS, *d'abord ſeule , & enſuite alternativement avec*
le CHŒUR.

Junon commande
Du haut des cieux juſqu'au fond des enfers ;
Que, ſur la terre & dans les airs ,
A ſa voix tout vole & ſe rende.

SCÊNE DERNIERE.

LES ACTEURS DE LA SCÊNE PRÉCÉDENTE,
hors JUNON ;
HÉBÉ , *NIMPHES de ſa ſuite* , *ESPRITS* de
l'Air, GNOMES & GNOMIDES, PEUPLES de *l'Aſie*,
qui viennent célébrer le triomphe d'ENÉE & ſon union
avec LAVINIE.   (*On danſe.*)
ÉNÉE.

JUpiter lance ſon tonnerre ;
Il ordonne au dieu Mars d'enſanglanter la terre :
De ſon trident Neptune ouvre le ſein des mers ;
Il partage les flots & leur onde écumante ;
Leurs abîmes profonds , dont l'aſpect épouvente ,
Semblent offrir le chemin des enfers.

La mer calme ſa vïolence ;
La paix ramene l'abondance :
Les dieux ne ſont plus irrités ;
Tout nous annonce leur clémence ;

Tout sert à faire éclater leur puissance :
Rendons grâces à leurs bontés !

(*La fête continue.*)

IRIS, le *ROI* & le *CHŒUR*; *LAVINIE*
& *ÉNÉE.*

Que de l'Amour tout célebre les charmes.

Aimés-vous } sans allarmes ;
Aimons-nous

Livrés vos cœurs } à ses attraits :
Livrons nos cœurs

Chantés } ses flâmes ;
Chantons

Il est le vainqueur de { vos } { nos } âmes :

Qu'il règne, qu'il triomphe à-jamais !

(*Une fête générale termine l'Opera.*)

F I N.

A P P R O B A T I O N.

J'Ai lu, par ordre de Monseigneur le Chancelier, une nouvelle Édition de l'Opera intitulé ENÉE & LAVINIE, & je n'y ai rien trouvé qui doive empêcher l'impression. A Paris le 9 Octobre 1768.

DE MONCRIF.